Jasmin i krutrök

En kort novell om Rajesh Patel i Saigon, 1974–
en berättelse om ensamhet, begär och lojalitet
i en stad på randen till förändring

Huynh Tan Hung

april 2025

FSC
www.fsc.org
MIX
Papper från ansvarsfulla källor
Paper from responsible sources
FSC® C105338

JASMIN I KRUTRÖK

En kort novell om Rajesh Patel i Saigon, 1974 – en berättelse om ensamhet, begär och lojalitet i en stad på randen till förändring.

Skriven av Huynh Tan Hung april 2025.

50 år efter krigets slut.

Del I: Rökelser och röda lyktor

Saigon, april 1973

Saigon låg tung av hetta och bensinångor när han steg in genom pärlemoringången. Gatans kaos dämpades av tunga sammetsgardiner, och innanför väntade ett helt annat krig – tystare, förföriskt. Rummet doftade av rökelse, jasmin och något mer... något som inte kunde sättas ord på, bara kännas.

Hon satt i halvskuggan, på en låg divan klädd i guldbrokad. Ljuset från röda lyktor dansade över hennes nakna axlar, glittrade i svettpärlorna som rann längs hennes hals. Hennes ögon – mörka som kaffe och lika bittra – mötte hans med ett lugn som bara den som vant sig vid mäns blickar kunde ha.

”Mr. Soldier,” viskade hon med en röst som bar hela krigets trötthet och hela nattens löften.

Han satte sig bredvid henne, händerna darrade lite – inte av rädsla, inte längre – men av något äldre, något han trodde han glömt i djungeln: begär.

Hon lät fingrarna vandra över hans bröst, långsamt, nästan vetenskapligt, som om hon kartlade ärren i hans hud och historien de bar. Deras kroppar möttes i en dans utan ord, där varje rörelse var både flykt och kapitulation, ett ögonblicks frid i ett land där inget längre var heligt – utom detta.

Han kände hennes andetag mot sitt nyckelben, mjukt och rytmiskt, som vågorna mot stranden vid Da Nang. I rummet fanns bara ljudet av fläktens långsamma knarr, det dova sorlet från innergården, och deras andetag som vävdes samman till en ny sorts musik – låg, vaggande, nästan sakral.

Hon lutade sig fram, lät sitt svarta hår svepa över hans bröst som ett vattenfall, svalt och tungt. Hennes läppar rörde sig längs hans hals, inte hungrigt, utan som om varje kyss var ett löfte om glömska. Hennes händer öppnade honom försiktigt, lager för lager, som en rökelseask från marknaden – varje skjortknapp ett nytt andetag.

”Du behöver inte tala,” viskade hon. ”Alla säger samma sak ändå.”

Han besvarade henne med händer, med läppar. Lät fingertopparna följa den silkeslena linjen från hennes nacke till svanken, där hennes kimono glidit åt sidan. Hennes hud var varm, levande, som ett löfte om något han inte längre vågat tro på.

De sjönk ner bland kuddar och linnelakan som doftade ceder och söt tobak. Utanför mullrade fjärran artilleri, men härinne var det bara hennes kropp, hennes rytm, hennes värld. Han tappade sig själv i det – lät henne leda, låta, ta, tills de båda var svettiga, dämpade stön blandade med rökelsens tjocka ånga.

När allt var stilla igen låg han kvar med huvudet mot hennes bröst, lyssnade till hjärtats slag. Hon strök honom över håret, som om han var ett barn hon vaggade in i sömn.

”Vad heter du?” viskade han, trots hennes ord.

Hon log svagt och kysste hans panna.

”I natt heter jag det du behöver.”

Hennes kropp var varm och tung mot hans, som om hon vilade med hela sin själ. Inga masker, inga lögner – bara andning och hud. Han gled med fingertopparna längs hennes rygg, följde ryggkotornas mjuka kurva ner mot höften, där hennes kimono låg hopknuten som ett glömt löfte. Tyget viskade när han rörde vid det – tunt, nästan viktlöst, men mellan dem fanns inget tyg som kunde dölja begäret längre.

Hon rörde sig långsamt, drog sina lår mot hans, en gest som var mer fråga än kommando. Han svarade med händer, smekningar som inte längre trevade utan sökte – kände igen. Det fanns en rytm där nu, en förståelse som bara föds när två människor släpper garden precis samtidigt.

Hon vred sig över honom, långsamt som en flamma, och satte sig grensle med blicken fast i hans. Inget spel, inget spelat. Bara närhet. Hon tog hans händer och förde dem till sina bröst – lät honom känna vikten av dem, värmen, livet.

”Håll mig så,” sa hon, knappt hörbart, medan hon lät höfterna sänkas ner mot honom i en rörelse så långsam att den kändes utanför tiden.

De smälte samman där, i en dans där varje rörelse var som vågor mot en strand de båda trodde var förlorad. Han visste inte längre var han slutade och hon började. Hennes namn förblev ett mysterium, men hennes kropp talade ett språk han kände instinktivt – ett språk utan stavelser, bara känsla, bara kött och närhet.

Hon lutade sig ner, lät sitt hår bilda ett tält runt deras ansikten, världen försvann i doften av henne. Jasmin, svett och ett spår av fransk parfym. Hon kysste honom djupt, med tunga, med hela munnen, som om hon försökte dricka honom. Och han lät henne.

Deras rörelser blev snabbare, djupare, ljuden fylligare. Sängens gamla trä knakade i protest, men ingen av dem hörde det. När klimax kom var det som en storm – tyst först, sen med ett inre dån, en urladdning som fick honom att hålla hårdare, andas djupare, darra.

De stannade så, stilla i varandras grepp, insvepta i värme och mörker.

”Jag har inte känt så på länge,” sa han tyst.

Hon log, kysste honom under örat och mumlade: ”Här gör vi inget annat.”

Det hade blivit tyst ute – som om hela staden höll andan. Bara fläktens viskningar och andetag fyllde rummet. Hon låg på sidan, ryggen mot honom, och han såg hur svetten fått lakanet att klibba mot hennes hud. Sakta förde han handen över hennes rygg, nedåt, längs den lena kurvan, tills hon började andas tyngre.

”Igen?” viskade hon, som om hon redan visste svaret.

Han lutade sig fram, kysste hennes axel, lät tungan följa hennes ryggrad. Hon sträckte ut sig som en katt, blottade sig för honom utan att säga ett ord. Han vände henne varsamt på rygg, spred hennes lår och gick ner med munnen mot henne. Den här gången var det inte ömt, inte försiktigt – det var hungrigt. Som om han ville äta upp henne hel.

Hon grep tag i lakanen, lät huvudet falla bakåt. Hennes stön var kvävda men tydliga, en rytm som växte med varje rörelse av hans tunga, varje sug, varje djupare drag. Hennes fingrar flätade sig in i hans hår, drog honom närmare, som om hon inte ville att det någonsin skulle ta slut.

När hon kom, gjorde hon det i tystnad – men hela hennes kropp talade om vad hon kände. Skakningar, darrningar, en stel ryggbåge som sakta föll samman igen.

Han kröp upp bakom henne, la en hand på hennes höft. Hon vred lite på huvudet, såg honom över axeln med ett leende som var både tillåtande och utmanande. Sedan böjde hon sig fram, ställde sig på alla fyra, höften höjd som en inbjudan.

”Gör som du vill nu,” viskade hon. ”Jag säger inte nej.”

Han tog sig tid – smekte, retade, förberedde. Hon suckade när han trängde in i henne bakifrån, långsamt, bestämt, och det fanns inget ögonblick där de tvekade. Hennes naglar rev i lakanen, hans händer höll hennes höfter som för att inte förlora sig helt. Varje stöt var en signal, ett påstående, ett bevis på att de båda fortfarande var levande – mitt i ett krig, mitt i förlusten, fanns denna stund av ren, rå närhet.

När han kom var det med ett tyst stön, djupt begravt i hennes nacke, och de föll ihop tillsammans i en hög av värme, svett och hud.

Efteråt låg de kvar tysta, invecklade i varandras kroppar. Svetten kallnade långsamt på huden, och fläkten fortsatte sitt eviga klagande. Hon låg på mage med ena armen under kudden, den andra vilade ovanpå hans bröst, som om hon försökte hålla honom kvar – i rummet, i stunden, i henne.

Men någonting hade redan börjat dra sig undan.

Han kände det i bröstet först – den där tomheten som brukade komma efteråt. Som ett djupt andetag som aldrig riktigt fyllde lungorna. Hon rörde sig inte, men han visste att hon märkte förändringen. Det gjorde de alltid.

”Det var fint,” sa hon, lågt. Inte för att trösta, inte för att smickra – bara för att säga det. Som om hon själv behövde höra det.

Han reste sig långsamt, drog på sig byxorna. Såg ner på henne där hon låg, naken i röran av lakan och ångande hud. Hon såg plötsligt inte lika mystisk ut – bara trött. Bara kvinna.

Han tog fram plånboken. Rörde sig mot bordet där hennes parfymflaska stod, en ensam cigarett i ett kristallglas. Han räknade ut summan snabbt – inte för mycket, inte för lite. La sedlarna under cigaretten, som om det på något sätt förädlade själva handlingen.

”Det ingick inte att känna så mycket,” sa han tyst.

Hon satte sig upp, drog en kimono över axlarna och tände cigaretten med en tändsticksask som bar loggan från klassiska Hotel Continental. Hon blåste ut röken sakta, utan att möta hans blick.

”Ingen av oss styr det,” svarade hon.

Han visste inte om det var tröst eller anklagelse.

När han gick mot dörren var det som att något höll honom kvar vid tröskeln – en tyngd i bröstet som inte ville släppa. Han ville vända sig om, säga något mer, något riktigt. Men orden kom inte. Bara en huvudnick, nästan ursäktande.

Hon låg redan tillbaka på divanen, som om ingenting hänt. Röda lyktor fladdrade över hennes ansikte, men blicken var någon annanstans.

När dörren slog igen bakom honom var det som om allt förlorade färg. På gatan mullrade kriget vidare, men det var något annat som skavde i honom nu. Något han inte kunde skylla på bomber, död eller hunger.

Kanske var det bara han själv.

Dörren slog igen med ett mjukt klick, och sedan – bara tystnad. Ingen nyckel som vreds om, ingen säkerhetskedja. Bara en dörr som stängdes, och med den – ännu ett ögonblick som försvann ur tiden.

Hon satt kvar på divanen, cigaretten glödde långsamt mellan fingrarna. Röken ringlade sig upp mot taket, dansade kring lyktornas röda sken, som om den ville viska bort något hon inte vågade minnas.

Sedlarna låg kvar på bordet. Hon sneglade mot dem utan att röra dem. Inte än. Det fanns en gräns för hur snabbt man fick förvandla en kropp till mynt.

Hon drog in ett djupt bloss, höll röken kvar i lungorna tills det sved. Inte för att det lugnade – bara för att det var något att känna. Något verkligt. Det fanns så få såna saker kvar.

Tankarna gick inte till honom, inte på det sättet. Hans namn var redan borta. Men något hade skakat till inom henne – inte stort, inte farligt, bara… ovant. Han hade hållit henne som om det betydde något. Sett henne som om hon inte bara var en kropp i ett rum. Och det var alltid de farligaste. De som låtsades inte vilja något mer – men som råkade ge för mycket.

Hon reste sig, långsamt, kände efter i höfterna. Det fanns en värk där nu, en påminnelse, men hon välkomnade den. Smärta var enklare än känslor. Hon drog till sig kimonon, knöt den med van hand. Gick till fönstret och öppnade det på glänt.

Utanför lyste Saigon som en febrig dröm. Vespor, lyktor, unga pojkar som sprang barfota mellan bilar, en kvinna som sålde något från en cykelkärra. Livet pågick, obrytt, och hon stod där – i ett rum som doftade män, parfym, krig och ensamhet.

Hon tog sista blosset, tryckte cigaretten mot askfatet och såg hur glöden dog. Så gick hon till bordet, plockade upp sedlarna, vek dem tyst och stoppade dem i lådan under sminkspegeln. I spegeln mötte hon sin egen blick. Inte hård. Inte trött. Bara... verklig.

"I natt heter jag det du behöver," viskade hon till sig själv, som ett mantra, som en påminnelse.

Och sedan vände hon ryggen åt spegeln, började bädda sängen igen – för nästa kropp, nästa kväll, nästa illusion.

Hon hette egentligen Linh.

Del II: Bakom bergen i dalen där allt började

Da Lat, 1972

Innan Saigon, innan parfymdoft och sammetsrum, innan hon lärde sig kyssa utan att känna, bodde hon i Da Lat – högt uppe i bergen, där morgondimman låg som en viskning över tallarna och blommorna slog ut som tysta böner mot solen.

Linh var sexton när kriget nådde byarna runt Da Lat. Inte med bomber, inte först – utan med soldater. Män i gröna uniformer som pratade genom tolk, köpte ris med cigaretter och stirrade på hennes mor som om hon var ett stycke kött. Fadern arbetade på fälten, en tyst man med jord under naglarna och sorgen djupt i ryggen. Modern sydde kläder åt franska kvinnor som inte längre fanns kvar, men som lämnat kvar sin smak.

Linh var vacker. Det visste hon. Inte för att någon sa det, utan för att blickarna förändrades. De låg kvar för länge. De mättade luften.

När hennes bror togs in i armén – tvång, sa de, för nationens skull – föll något sönder i huset. Modern blev tyst. Fadern försvann längre ut bland terrasserna, började sova ute under stjärnorna.

Hon var sjutton när hon följde med en kvinna från staden. En äldre, vacker dam med röda naglar och röst som mjukaste siden. ”I Saigon behöver de flickor som dig,” hade hon sagt. ”Du kommer ha det bättre där än här. Du kommer dofta som blommorna du växte upp med.”

Och Linh trodde henne.

De första veckorna i Saigon var förvirrade. Människor överallt, ljud dygnet runt, hetta som inte ville släppa greppet. Hon bodde i ett litet rum ovanför en butik, hjälpte till att servera te till franska officerare, tvättade golv, fick kläder att bära – kläder hon aldrig själv hade råd med.

Sen kom första natten. Första mannen. Det var ingen fråga. Ingen försiktig övergång. Det var ett konstaterande: det här är livet nu.

Hon grät inte. Inte då. Det kom senare, i drömmen, när han redan gått.

Hon lärde sig snabbt. Hur man log på rätt sätt. Hur man luktade rätt, sa rätt sak, aldrig för mycket, aldrig för lite. Hur man gick från flicka till illusion.

Men hon höll alltid Da Lat inom sig – doften av barr, ljudet av syrsor, regnet som slog mot plåttaket. Och i de stunder då rummet tystnade, och fläktens surr kändes långt bort, kunde hon blunda och känna sig som Linh igen.

Bara för en stund.

Del III: Le Papillon Noir

Saigon, augusti 1973

– Linh har nu börjat skapa ett slags dubbel liv i Saigon: ena foten i bordellens sammet, den andra i den rökiga, bourbondoftande världen av musik, strippor och skuggspel. Och där, i publiken, börjar en ny närvaro vakta henne från mörkret:

Linh lärde sig snabbt att inte lägga alla sina nätter i samma säng.

Efter ett halvår på bordellen fick hon höra talas om en plats längre ner i staden – Le Papillon Noir, en halvstrippklubb, halv jazzbar, där soldater, smugglare och journalister blandades med drömmare och förlorade. Det var ett ställe där ingen ställde frågor så länge man kunde hålla rytmen.

De sökte en pianist till kvällarna. Någon som kunde spela franska chansons, gamla vietnamesiska ballader, och en eller annan Cole Porter-låt utan att stirra på notblad.

Linh sa att hon kunde spela.

Det var en lögn. Men hon lärde sig. Snabbt.

Hon spelade med fingertoppar som mindes melodier hennes mor brukade nynna hemma i Da Lat. Hon spelade med blicken sänkt, som om hon inte visste att alla män i lokalen sneglade mer på hennes nacke än på tangenterna. Hon bar svarta handskar ibland, röda andra kvällar, alltid matchade till ljuset och humöret.

Och det var där hon såg honom första gången.

En man som satt ensam vid hörnet närmast scenen. Indisk, tydligt. Men inte som männen i kryddbutikerna. Han bar långskjorta även i värmen. Renrakad, välskött, och ögon som aldrig log. Rajesh, sa någon. En affärsman. Kanske smugglare. Kanske bara rik nog att ingen vågade fråga, eller fattig ensamvarg utan hopp och skam.

Han kom varje torsdag. Beställde alltid samma sak: Old Fashioned utan is. Sa aldrig ett ord till henne. Men hans blick satt kvar – inte hungrig, inte som de andras. Mer som en domare i tyst reträtt.

Linh märkte snart att han aldrig tittade på stripporna. Inte ens när de klädde av sig framför hans bord. Han tittade bara på henne. På händerna. På axlarna. På musiken som rann ur henne.

En kväll – då regnet vräkte ner utanför som om himlen ville tvätta bort hela staden – låg en röd orkidé ovanpå hennes piano efter avslutat set. Inget kort. Bara blomman.

Hon visste att det var från honom.

Del IV: Mr Patel – en indier i Vietnam

Saigon, oktober 1974.

Morgonen var fuktig som vanligt. Rajesh Patel satt på sin balkong, lutad mot det flagnande järnräcket, med en kopp stark chai i handen. Ljudet av cyklar, ropande gatuförsäljare och en avlägsen explosion blandades till något han sedan länge slutat reagera på.

Han såg ner mot butiken. Gamla fru Thu tvättade trappan med sin vanliga beslutsamhet. Hon visste vad hon gjorde – varje rörelse var som en dans, ett slags disciplin mitt i kaoset. Hon nickade artigt mot honom. Han lyfte handen lätt. Deras utbyte var alltid ordlöst.

Inne i affären låg tygbuntarna prydligt – importerad bomull från Gujarat, broderad spets från Varanasi, lite siden från Hanoi. Det luktade damm, rökelse och tobak. En ung pojke, kanske tretton, kom in med ett brev.

Rajesh bröt förseglingen långsamt. Det var från hans mor. Handstilen darrig men kärnfull. Hon bad honom att komma hem. "Du är för gammal för att leva ensam. Din kusins dotter är redo. Hennes far väntar ditt svar."

Han vek ihop brevet utan att svara.

På kvällen satt han i baren på Le Papillon Noir med en halvtom flaska franskt risvin bredvid sig. En amerikansk officer skällde på vietnamesisk engelska i bakgrunden, men Rajesh lyssnade inte. Han såg på Linh, som satt vid pianot. Hon spelade inget. Bara satt där, med händerna i knäet. Hon hade slutat jobba på baren för ett år sen, men kom fortfarande hit ibland, som om hennes skugga inte kunde lämna platsen. Rajesh beundrade hennes vackra ansikte på avstånd.

När han reste sig för att gå, följde hon honom tyst.

De gick i regnet genom trånga gränder. Smutsvattnet stänkte upp på hans byxor, men han brydde sig inte. De sa ingenting. När de kom fram till huset, tog han fram nyckeln, öppnade dörren, och släppte in henne först.

Inne tände han ljuset.

"Du kan sova här i natt," sa han. "Regnet blir värre."

Hon nickade. Gick till rummet där hon ibland sov. Men innan hon stängde dörren, vände hon sig om.

"Du fick brev idag?"

Han nickade. "Från Indien."

"Tänker du åka tillbaka?"

Han svarade inte direkt. Sedan:

"Indien känns som en bok jag läst för länge sen. Jag minns handlingen, men inte detaljerna."

Hon log sorgset. Stängde dörren.

Senare den natten, satt han på balkongen igen. Han hörde avlägsna skott, som alltid. Men doften av jasmin från innergården smög sig in i luften. Han lutade sig tillbaka, tände en cigarett, och såg upp mot stjärnorna som bleknade i ljuset från Saigons gator.

Och för en stund kände han sig varken hemma eller vilse.

Han bara fanns.

Del V: Regnets tystnad

relationen mellan Rajesh och Linh djupnar, samtidigt som Saigon rör sig mot sitt fall

Saigon, mars 1975.

Det regnade varje dag nu. Himlen låg som ett grått lock över staden, och ljudet av helikoptrar var lika vanligt som fågelsång. Rajesh visste att slutet närmade sig. Det pratades överallt – om amerikanernas och fransmännens flykt, om vad som skulle hända när Nord kom.

Men hans värld hade krympt till två rum, en balkong och kvinnan som brukade komma dit tyst.

Linh hade börjat komma oftare. Inte bara som vän och älskarinna utan som hans käresta – hon var bara där. Ibland tog hon med ris, ibland bara tystnad. De satt mittemot varandra och åt, som ett gammalt par som inte längre behövde ord.

En kväll kom hon med ett kuvert.

"Min syster i Danang har fått tag på en plats på båten som kan ta oss härifrån. Hon säger det finns plats för mig också. Vi kan åka imorgon natt."

Rajesh såg på henne, länge.

"Vi?"

"Ja. Du kan följa med."

Han skakade långsamt på huvudet.

"Min butik är här. Mina saker. Mitt liv."

Hon log snett. "Butiken är tom. Dina saker samlar damm. Livet... det är jag."

Det var en av de få gånger hon sagt något som brände.

Han följde henne till dörren den natten. Hon kysste honom lätt på kinden, smekte hans lem och sög av honom djupt och innerligt.

"Jag åker imorgon, med eller utan dig," viskade hon.

Den följande dagen förlorade tiden sin form. Han satt i affären, såg på tyg som ingen längre ville köpa. Staden var kaotisk. Människor sprang. De rika packade. De fattiga väntade.

Vid solnedgången gick han upp till sitt rum. Tog fram brevet från sin mor. Lukten av papper och rökelse. Han tänkte på Indien. På barndomen. På hur han aldrig riktigt hörde hemma där heller.

Natten föll. Han stod på balkongen.

Sedan reste han sig. Tog på sig sin vita skjorta. Den med fläckar från te och risvin. Det var den enda skjortan som passade. Han gick ner för trapporna, ut på gatan. Mot hamnen.

När han kom fram, var båten borta.

I dimman såg han en ensam figur vid kajen. Linh.

Hon hade väntat.

De sa ingenting. Bara tog varandras händer.

Och medan skuggorna av helikoptrar passerade över dem, stod de där. Två människor utan land, utan framtid, men med varandra.

Del VI: Risfältet

Vietnam, april 1975

Strax utanför Saigon

Jorden var varm under fötterna, fuktig, klibbig. Risfälten låg som svettiga lakan över landskapet, andades tungt i krutrök och hetta. Himlen dånade ibland – artilleri från norr, svar från söder – men ingen sprang längre. Alla väntade, antingen på fred eller på död.

Rajesh och Linh gick tysta genom fältet, bärande på en säck ris de aldrig skulle hinna koka. Hon stannade plötsligt.

"Varför stirrar du alltid på mig bakifrån när du tror att jag inte ser?" frågade hon.

"För att när jag ser dig, glömmer jag det här."

"Visa mig då," sa hon.

Det började som en viskning – en hand mot hennes rygg, en smutsig kyss som slet bort dammet från hennes söta läppar. Inget mjukt. Inget romantiskt. Hans händer gled under hennes tunika, grep om höfterna, drog henne tätt intill i den ångande luften. Risplantor böjdes omkring dem som vittnen. Hon pressade sig mot honom, flåsande som ett djur. Ett skalv gick genom marken – en granat briserade en kilometer bort – men de rörde sig ändå, långsamt, desperat.

Han tryckte henne ner i dyn. Blöta fingrar, rivna tygstycken, hennes naglar i hans rygg. Hon stönade högt, höll inte tillbaka. Hela kroppen brann – ett annat krig, ett som bara de kände.

"Snabbare," viskade hon.

"Du är allting," svarade han.

Fåglar lyfte i flock längre bort. Ljudet av gevärseldar bleknade. Nu hördes bara hjärtslagen. Hans kropp ovanpå hennes. Hennes ben omkring honom. Allt i rörelse, som vattnet under riset. Hans lem bultade inne i hennes sköte. Fortare och fortare tills de båda kom samtidigt. Hennes kropp skälvde och hans varma säd fyllde henne.

Och sen – stillhet.

Andedräkt mot hals. En kyss i håret. Hans panna mot hennes bröst.

Hon låg kvar i leran och log. "Nu kan världen gå under."

Han svarade inte. Han visste att den redan gjort det – men i henne hade han funnit det enda som var värt att leva för.

Del VII: Barnet och flaskan

Bangkok, sommaren 1975

De tog sig till Thailand på en lastbåt. Linh spydde hela vägen, blek och yr, medan Rajesh höll henne hårt om midjan, svettig och vaken i flera dygn. I Bangkok hyrde de ett rum ovanför en biljardhall. Madrassen var tunn och fläckad. Fläkten fungerade inte. Hon grät ofta.

En kväll satt hon på golvet med ett tomt rispaket i handen.

"Jag är sen," viskade hon.

Han förstod. Först med blicken. Sedan med kroppen. En märklig blandning av skräck och något han inte vågat kalla hopp.

Tiden gick långsamt. Livet var svårt, de svalt och hade knappt inga pengar. Linh blev tystare. Hon la händerna över magen varje kväll och såg ut som om hon redan visste hur det skulle sluta.

Rajesh började dricka. Först bara lite. Sen varje kväll. Whisky, helst skotsk, ibland billig risvodka. Linh sa inget. Hon bara såg på honom – med den där blicken som kändes som ett avsked. Ibland försvann han nätter i sträck. Kom hem med spritandedräkt och läppstift han inte kunde förklara.

Barnet föddes på ett sjukhus drivet av franska nunnor. En pojke. Linh grät inte. Rajesh försökte hålla honom, men händerna darrade för mycket.

De gav bort barnet två dagar senare, till ett franskt par från Marseille. Linh såg inte på när de gick.

"Han kommer få ett liv vi aldrig kunnat ge honom," sa hon.

Men den natten hörde Rajesh henne viska barnets namn i sömnen. Och han svarade aldrig.

Han hade börjat jobba i en textilfabrik, hon diskade. Ett litet rum kunde de hyra, kallt, men tillsammans.

Varje år i april tände de rökelse för Saigon. Inte för platsen, utan för vad den givit dem.

En vinter kom ett brev. Hans mor var sjuk.

"Du ska åka," sa Linh.

"Du följer med."

"Din familj kommer inte förstå mig."

"De förstår inte ens mig."

De reste tillsammans. Hon vårdade modern som en dotter. På begravningen frågade en kusin vem Linh var. Rajesh svarade:

"Min fru."

De blev kvar i Indien och tiden gick.

Del VIII: De förlorade åren

Indien, 1991–1999

Efter moderns död hade Indien blivit deras exil i exilen. De öppnade en liten tygatelјé. Linh broderade för hand. Rajesh började dricka igen. Det började diskret. Ett glas i skymningen. Sedan två. Sedan flaskor gömda bakom tygrullar.

Han förlorade sig i yngre kvinnor. Flickorna kallade honom farfar tills pengarna kom fram och då kallade de honom för loverboy. Han sa till sig själv att det inte betydde något. Att det bara var kroppen som skrek efter något Linh inte längre gav. Men varje gång han smög sig hem luktande parfym och whisky, såg hon på honom som om hon redan visste.

De pratade inte om det. Istället sydde de tyst bredvid varandra. Som två sömmar i ett tyg som aldrig riktigt gick ihop.

En kväll hittade han henne med ett gammalt fotografi i handen – barnet. Den lilla pojken från Bangkok. Hon hade hållit det gömt i ett kuvert i alla dessa år. Fotot hade tagits av nunnorna precis när han var nyfödd.

"Han borde vara vuxen nu," viskade hon.

Rajesh kunde inte svara. Han gick ner till floden och spydde tills det bara var galla kvar.

När han kom hem, låg hon vaken.

"Jag vill att du slutar," sa hon. "Med spriten. Med flickorna. Jag vill minnas dig som du var i Saigon."

Han såg på henne. Och för första gången på länge såg han också sig själv.

Dagen efter hällde han ut alla flaskor. Han sydde med henne varje kväll. Och varje år i april, tände de tre rökelser: en för Saigon. En för barnet. Och en för det liv som nästan gått förlorat.

Del IX: Den sista doften

Surat, 2008

Rajesh 70. Linh 67. Hon blev tystare. En morgon satt hon i trädgården och sa:

"Jag drömde om Saigon. Du stod på andra sidan floden. Jag kunde inte komma till dig."

"Jag väntar alltid," sa han.

En vecka senare fann han henne sovande för alltid i ateljén. Barnen i grannskapet la vita blommor på graven.

Han började skriva brev till henne varje natt:

"Du låg i regnet i Saigon och log."

"Idag blommade jasminen."

"Jag hörde någon spela piano. Det lät som du."

En kväll blundade han på gården. Jasminen doftade starkt. En vind svepte genom trädgården, som en viskning:

Farväl min sköna.

Del X: Blodets tystnad

Surat, vintern 2015

Posten låg som vanligt i en slarvig hög vid tröskeln. Rajesh, nu skröpligare, med tjockare glasögon och tunnare röst, plockade upp kuverten med darriga fingrar. Elräkning. Reklam. Ett brev från Bombay. Avsändaren: Arjun Moreau. Namnet sade honom ingenting.

Han öppnade det långsamt, som man gör med något man anar redan är för sent.

Herr Patel,

Mitt namn är Arjun. Jag är född i Bangkok 1975 och adopterades av en fransk familj. Jag har nyligen gjort ett DNA-test via en internationell databas. En träff ledde till ert namn. Det står att ni är min biologiske far.

Rajesh satte sig långsamt ner. Hans hjärta slog ojämnt. Han läste om brevet tre gånger. Varje gång blev bokstäverna tyngre. Han hade svårt att få luft. Tårarna började rinna ner för hans kind.

Jag söker inte svar, bara närvaro. Jag kommer till Surat nästa månad. Om ni inte vill träffas, kommer jag att förstå.

Dagen innan Arjun anlände, gick Rajesh till Linhs grav. Han hade inte gjort det på länge. Han bar en jasminkvist i fickan, plockad från deras vissnande trädgård.

"Han kommer imorgon," sa han lågt.

"Vår son."

Jorden svarade inte. Men vinden lyfte lite på bladen. Som en blinkning.

Surat, dagen efter

Arjun var lång, ljusare än Rajesh, med ögon som liknade Linhs – morka, sorgsna, vaksamma. Han stod i dörröppningen och såg ut som någon som hade rest mycket utan att komma någonstans.

De satt mitt emot varandra vid köksbordet. Teet kallnade mellan dem.

"Jag har tänkt på er i hela mitt liv," sa Arjun till sist. "Inte som ni var. Bara… att ni fanns."

Rajesh svalde. "Vi gjorde det vi trodde var bäst. Vi hade inget. Inte ens oss själva."

"Jag är inte här för att döma," sa Arjun.

Han tog upp ett gammalt foto ur fickan. Det var blekt, nästan genomskinligt. En kvinna med smala ögon och ett trött leende – Linh.

"Är det...?"

Rajesh nickade. "Din mor." Hon la fotot i din särk innan nunnorna bar iväg dig.

De satt tysta en stund. Sedan reste sig Rajesh och hämtade en ask ur garderoben. Inuti låg ett brev han aldrig vågat skicka, skrivet till Min son, om du någonsin söker mig...

Han räckte över det med båda händerna.

"Vill du stanna en natt?" frågade han.

Arjun såg på honom. Hans ögon var blanka.

"Jag stannar så länge du behöver mig."

Del XI: Den sista stunden

Surat, våren 2017

Tiden rann inte längre – den droppade, långsamt, stilla som ett timglas av aska.

Rajesh var trött nu. Inte sjuk på ett sätt läkarna kunde sätta ord på, bara trött i själen. Han låg mest i sin korgstol på verandan, med en filt över benen och Arjun sittande bredvid, ibland tyst läsande, ibland bara där.

Varje kväll vattnade Arjun jasminen i trädgården. Den hade blommat igen. För första gången på många år.

En kväll, när månen hängde lågt och luften doftade som barndom och ånger, viskade Rajesh:

"Jag tror... jag har kommit hem nu."

Arjun såg på honom. "Vad menar du?"

"Jag letade efter henne i varje kvinna. Efter mig i varje stad. Efter framtiden i flaskan. Men det jag behövde... det satt redan i mig."

Han tog Arjuns hand.

"Jag trodde aldrig du skulle komma. Och när du gjorde det... föll allt på plats."

Arjun sa inget. Han bara höll om den gamla mannens händer, strök över huden som blivit tunn som rispapper.

Senare samma natt vaknade Rajesh till av en doft.

Jasmin.

Det var inte bara från trädgården. Den var starkare, levande, varm. Han öppnade ögonen – och där, i dörröppningen, syntes Linh.

Hon såg ut som hon gjort i Saigon. Mörkt hår, vit klänning, händerna i knäet.

"Du kom tillbaka," viskade han.

"Jag har aldrig lämnat dig."

Hon sträckte ut handen.

Och Rajesh log. För första gången på länge log han som en ung man. Som någon som visste att han var förlåten.

Han slöt ögonen, tog hennes hand – och andades ut.

Del XII: Epilog

Arjun begravde honom intill Linh, under jasminkronan de planterat tillsammans. På graven lade han två saker: ett tygstycke från Surat och ett pianoformat hänge i elfenben han hittat bland moderns saker.

Varje år i april tände han tre rökelser.

En för Saigon.

En för kärlek som överlevde allt.

Och en för en far som till slut kom hem.

Förlag: BoD · Books on Demand, Östermalmstorg 1,
114 42 Stockholm, Sverige, bod@bod.se
Tryck: Libri Plureos GmbH, Friedensallee 273,
22763 Hamburg, Tyskland
ISBN: 978-91-8097-060-0